Translation TM & copyright © by Dr. Seuss Enterprises, L.P. 2006

All rights reserved.
Published in the United States by Random House Children's Books,
a division of Penguin Random House LLC, New York. Originally
published in English under the title *One Fish Two Fish Red Fish
Blue Fish* by Random House Children's Books, a division of
Penguin Random House LLC, New York, in 1960. TM & © 1960,
renewed 1988 by Dr. Seuss Enterprises, L.P. This Spanish-language
edition was originally published in the United States by Lectorum
Publications, New York, in 2006.

Beginner Books, Random House, and the Random House colophon
are registered trademarks of Penguin Random House LLC.
The Cat in the Hat logo ® and © Dr. Seuss Enterprises, L.P. 1957,
renewed 1986. All rights reserved.

Visit us on the Web!
Seussville.com
rhcbooks.com

Educators and librarians, for a variety of teaching tools, visit us at
RHTeachersLibrarians.com

Library of Congress Cataloging-in-Publication Data is available
upon request.

ISBN 978-0-525-70729-5 (trade) — ISBN 978-0-525-70730-1 (lib. bdg.)

MANUFACTURED IN CHINA
10 9
First Random House Children's Books Edition

Un pez
dos peces
pez rojo
pez azul

Dr. Seuss

Traducción de Yanitzia Canetti

BEGINNER BOOKS
Una división de Random House

De allá hasta acá,
de acá hasta allá,
hay cosas chistosas
en cualquier lugar.

Un pez

dos peces

pez rojo

pez azul.

Este es un pez negro,

este un pez azul.

Este es un pez viejo,

este es joven aún.

Este una
estrella luce.

¡Mira!

Muchos peces puede ver

desde el carro que conduce.

Sí. Los hay azules y colorados.

Los hay muy jóvenes. Los hay ancianos.

Los hay llorosos

y jubilosos.

Y hay algunos muy, muy, muy malos.

¿Por qué son tristes,
alegres, malos?
Yo no sé, es la verdad.
Pregúntale a tu papá.

Unos son flacos.

Otros son gordos.
El gordo tiene
un pequeño gorro.

De allá hasta acá,
de acá hasta allá,
hay cosas chistosas
en cualquier lugar.

Hacia **ALLÁ**

Hacia **ACÁ**

Aquí vienen unos.

Correr les divierte.

Corren muy felices

bajo el sol caliente.

¡No lo puedo creer!

¡No lo puedo creer!

¡Cuántas cosas chistosas

desde aquí podemos ver!

Unos tienen dos patas

y cuatro tienen otros.

Unos tienen seis patas

y algunos más de ocho.

Pero, ¿de dónde vienen? Yo ni me lo imagino.

Apuesto a que vinieron

por un largo camino.

Los vemos venir.

Los vemos partir.

Unos, rapidísimos.

Y otros, lentísimos.

Algunos van alto.

Otros van muy bajo.

Ninguno igual
a los demás.
No me preguntes por qué.
Pregúntale a tu mamá.

¡Oye!

¡Mira sus dedos!

Uno, dos, tres…

Dime cuántos dedos

puedes ver.

Uno, dos, tres,

cuatro, cinco, seis,

siete, ocho, nueve, diez.

¡Tiene once! ¿No lo ves?

¡Once!

¡Vaya qué bien!

¡Yo quisiera tener

once dedos también!

¡Pon!

¡Pon!

¡Pon!

¿Has montado en camellón?

Tenemos un camellón

que tiene un solo chichón.

Conocemos a un señor
que se llama don Gastón
que tiene un camellón
con chichones a montón.
Si quieres ir, pon, pon, pon,
sube, súbete al chichón
del camellón de Gastón.

¿Quién soy yo?

Soy Tito Orta.

No me gusta

esta cama corta.

Algo no funciona,

algo no está bien,

pues toda la noche

se salen mis pies.

Si me doy la vuelta,
¡ay, por favor!,
mi cabeza no cabe
y eso es peor.

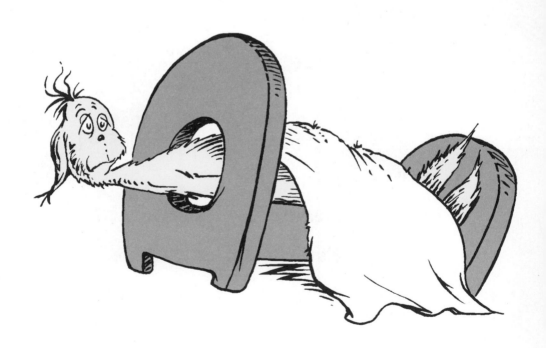

Nos gusta nuestra bici.

Está hecha para tres.

Atrás va nuestro Misi

sentado, como ves.

Nos gusta nuestro Misi
y con toda razón:
si vamos cuesta arriba,
nos da un buen empujón.

Hola, hola, Tito Orta.
Dime, dime,
¿qué ha pasado?
Cuéntame,
¿cómo has estado?
¿Cómo está
tu cama corta?
Anda dime, Tito Orta.

A mí no me gusta

esta cama ni un poco.

Un montón de cosas

llegan a lo loco:

una vaca, un perro, un gato, un ratón.

¡Vaya qué cama! ¡Qué familión!

¡Ay, qué horror!

No puedo oírte.

Acércate

antes de irte.

Mira en mi oreja. ¿Pudiste?

Hay algo dentro. ¿Lo viste?

Había un pájaro en tu oído.

Mas no temas, ya se ha ido.

Podrás oír ya, querido.

Mi sombrero se ve usado.
Y mis dientes son dorados.

Un pajarito yo tengo.
¡Mira qué bien lo sostengo!

Yo tengo un pie sin zapato.
¡Ay, qué frío me da al rato!

Yo tengo un pie sin zapato.

¡Ay, qué frío me da al rato!

Un pajarito yo tengo.

¡Mira qué bien lo sostengo!

Mi sombrero se ve usado.

Y mis dientes son dorados.

Y este cuento
se ha acabado.

Al dar un vistazo,
vimos un Nicazo.
Desde su sombrero
colgaba un anzuelo.
Y haciendo equilibrio,
atado iba un libro
que al frente decía:
La cocina al día.

Trató de cocinar

y se sentó en el suelo.

Y se puso a mirar

el libro en el anzuelo.

Como no sabía leer,

la cena no pudo hacer.

Así que...

no le dio buen resultado

aquel libro así colgado.

31

La luna ya había salido
y vimos unos borregos.
Algunos borregos vimos
que caminaban dormidos.

A la luz de la luna,

a la luz de un lucero,

caminaban dormidos

desde cerca hasta lejos.

¿Caminar en la noche?

¡Yo prefiero ir en coche!

Este que aquí vemos

no me acaba

de gustar:

es que no hace

más que gritar.

No, no lo soportaré.

Al llegar

lo sacaré.

Este otro es callado

como un ratón.

Quisiera tenerlo

en mi caserón.

En mi casa
abrimos latas.
Siempre abrimos
muchas latas
con la ayuda
de la Zata.

Es buena la Zata
para las latas.
¿Tú tienes Zata
para las latas?

Me gusta mucho boxear.

Es que es una maravilla.

Por eso todos los días

yo boxeo con Goxilla.

Con mis medias amarillas

yo boxeo con Goxilla.

Yo boxeo con Goxilla

con mis medias amarillas.

Qué alegre es cantar
si cantas con Yuno.
Es que Yuno canta
mejor que ninguno.

Yo canto bien alto,
mi Yuno bajito.
No nos queda mal,
se oye bonito.

Si no me equivoco,
él se llama Yoko.

Guiña el ojo un poco.

¡Bebe como loco!

Le gusta beber cosas distintas.

Lo que más le gusta beber es tinta.

Le gusta beber tinta rosada.

Se nota por su pícara mirada.

Así es que...

Si tienes mucha tinta rosada

o si tan solo tienes un poco,

pienso que debes buscar un Yoko.

¡Salto! ¡Salto! ¡Salto!

Soy un Yalto.

Lo que más me gusta

es dar saltos.

De un dedito al otro

salto y salto.

De derecha a izquierda

y después

salto a la derecha

otra vez.

De noche y de día
me gusta saltar.
De derecha a izquierda
y vuelvo a empezar.

¿Y por qué me gusta
saltar y saltar?
No sé. A tu papá
debes preguntar.

45

¡Cepillar! ¡Cepillar!
¡Cepillar! ¡Cepillar!

¡Peinar! ¡Peinar!
¡Peinar! ¡Peinar!

Es muy divertido
un cabello azul
cepillar y peinar.

Si te gusta peinar
y también cepillar,
lleva una mascota
como esta a tu hogar.

¿Y esta mascota

quién es?

Se ha mojado hasta los pies.

A que no has visto

en tu vida

una cosa parecida:

una mascota mojada,

¡completamente empapada!

¿Una cometa has volado
desde tu cama acostado?

¿Has caminado, ¡qué proeza!
con diez gatos en la cabeza?

¿Ordeñaste alguna vez
una vaca como esta?
Nosotros dos sí lo hicimos.
Hacerlo nada nos cuesta.

Deberías intentarlo
si nunca lo has probado.
Es algo muy divertido
y también es algo sano.

¡Hola, hola!

¿Estás ahí?

¡Hola, hola!

No te oí.

Para saludar

llamé.

¿Me puedes oír, José?

Oh, no.

Yo no escucho tu llamada.

No te escucho para nada.

Esto no funciona bien.

¿Y quieres saber por qué?

Hay un ratón juguetón

que me ha cortado el cordón.

De allá hasta acá,

de acá hasta allá,

hay cosas chistosas en cualquier lugar.

Las mascotas amarillas

todas se llaman Zedillas

y tienen un solo pelo

arriba, en la coronilla.

Como el pelo crece pronto

muy, muy pronto, yo diría

necesitan recortarse

ese pelo cada día.

¿Quién soy yo?

Me llamo Tato.

En mi mano tengo un plato.

Cuando yo sostengo el plato,

mi deseo es inmediato.

Hago un gesto con la mano,
se escucha como un silbato.
Y digo: «Quiero pescado».
Y el pescado llega al plato.

Si un día quieres pescado,
haz un gesto como Tato
y verás que al poco rato
el pescado llega al plato.

En nuestra casa
jugamos atrás
un juego llamado
«Tira el aro al Gack».

¿Quieres jugar este juego?
Tendrás que venir acá.
Solo nosotros tenemos
un Gack en la ciudad.

Mira lo que hallamos

muy tarde

en el parque.

Llevémoslo a casa.

Llamémoslo Lasa.

Allá vivirá.

Mucho crecerá.

Pero me pregunto:

¿Lo querrá mamá?

Y ahora,

buenas noches.

Es hora de dormir.

Nos acurrucaremos

junto al querido Omir.

Este día ha terminado.

¡Cuánto lo hemos disfrutado!

Mañana otro día será.

Y cada día, acá o allá,

muchas cosas divertidas

buscarás y encontrarás.

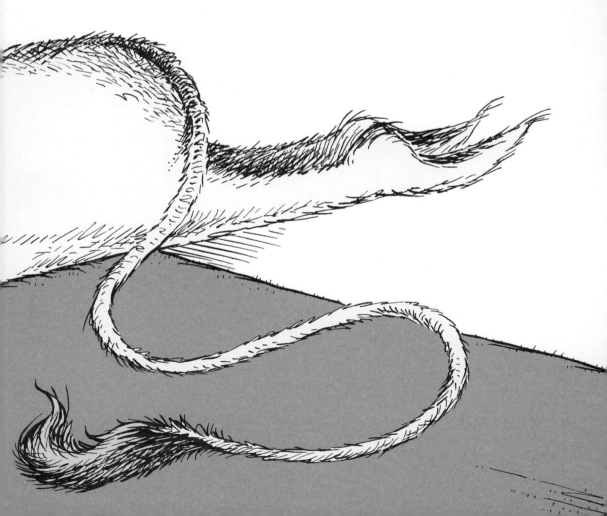